KB076090

엄마의 이름

권여선 소설

박재인 그림

엄마의
이름

창비

1

채운에게서 전화가 걸려 왔을 때 반희는 발톱을 들여다보고 있었다. 왼쪽 둘째 발톱 끝이 탁한 우윳빛이었다. 노화 때문일 수도 있고 무좀 초기 증상일 수도 있었다. 체육관에서 반희는 운동화를 신고 일했고 샤워실과 탈의실을 청소할 때에도 슬리퍼를 신었다. 앞이 트인 슬리퍼라 문제였을까. 반희가 왼발을 가까이 당겨 들여다보다 멀리 놓고 보

다 하는데 휴대 전화 벨이 울렸다.

뭐 해?

채운이 물었다.

그냥 있어. 너는?

반희의 물음에 채운은 곧바로 대답하지 않았다.

기분 안 좋아?

요즘 항상 기분이 별로야.

밖에 못 나가서 그런가 보다. 다들 우울하다더라.

채운은 다시 잠자코 있었다. 반희 생각에 이건 그냥 안부 전화가 아니라 할 말이 있어 건 전화 같았다. 반희는 채운이 말을 꺼내기를 기다리며 발톱을 내려다보았다. 아무래도 무좀이 맞나. 탈의실의 축축한 발깔개를 디뎠을 때 깔개가 머금고 있던 물기가 슬리퍼의 트인 부분으로 스며들고 습기 속 세균이 양말에 침투해서…….

원래 이번 주 토요일이…….

목이 잠긴 채운의 목소리가 들려왔다.

……날이었어요.

반희는 이게 무슨 말인가 싶었다. 아니, 무슨 이런 말이 있나 생각했다. 이번 주 토요일은 아직 오지도 않았는데 채운은 이미 지나간 날처럼 무슨 날이었어요,라고 했다. 그것도 평소에 잘 안 하는 존댓말로. 반희는 이번 주 토요일이 무슨 날인지 생각해 보았다. 채운의 생일도, 명운의 생일도, 병석의 생일도 아니었다. 채운이 알 리 없지만 그들 부부가 결혼한 날도 이혼한 날도 아니었다. 그러니 그게 무슨 날이든 반희 자신과는 아무 관련이 없는 날일 것이다.

그런데 취소됐어.

아. 그제야 반희는 이해가 되었다.

생일이나 기념일처럼 정해진 날이 아니라 무엇을 하기로 예정한 날이었다가 취소가 되어 무슨 날이었던 것이 된 것이다. 요즘은 다 그랬다. 뭐든 취소되고 뭐든 문을 닫았다. 반희가 일하던 구립 체육관도 무기한 휴관에 들어갔다. 휴관하기 전까지 체육관은 코로나19가 아닌 무좀과의 전쟁을 벌이고 있었다. 주민들로부터 체육관 이용 후에 발톱 무좀에 걸렸다는 항의가 빗발쳤다. 그때만 해도 코로나19는 먼 위협이었고 발톱 무좀은 코앞의 적이었다. 관장의 특별 지시가 떨어진 후 헬스 팀장은 조회 때마다 질병관리본부의 용어를 모방해 밀접 접촉이 어떻고 감염 경로가 어떻고 떠들어 댔고, 틈만 나면 청소 미화원들을 붙들고 고충을 늘어놓았다.

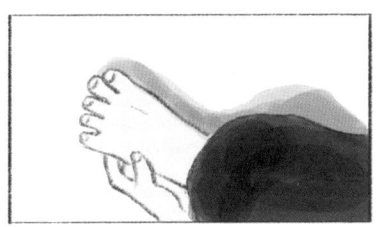

여사님들, 우리가 뭐 진단 키트가 있는 것도 아니고 감염자들을 무슨 수로 잡아내요? 무좀에 걸린 인간들이 버젓이 체육관에 와서 운동하고 샤워하고, 거기까진 좋아. 발을 아무 데나 비비고 그 발을 손으로 만지고 그 손을 수건에 닦고 그 손으로 드라이어 만지고 발톱을 드라이어에 대고 말리고, 이게 참 공동 생활 수칙을 위반해도 너무 심하게 위반한 건데 아무리 써 붙여 놔도 안 지키기로 작정한 인간들은 안 지킨다고. 그런데 여사님들은 진짜 무좀균의 진원지가 뭐 같아요? 대여하는 수건이나 운동복은 별문제가 없다고 나왔는데 탈의실 발깔개가 문제일까나? 그걸 당장 없애고 싶어도 그러면 또 손님들이 미끄러져 뇌진탕에 걸리네 어쩌네 하니까 내가 미치겠는데, 플라스틱 발깔개로 바꾸면…….

그날이 무슨 날이었는지 엄만 모르지?

채운의 말에 반희는 정신을 차렸다. 아, 토요일.

모르지.

결혼식 날이었어요.

반희는 가슴이 턱 내려앉았다. 또 존댓말이었다. 채운의 나이 스물다섯, 비록 반희가 눈치채지 못했어도 채운에게 사랑하는 사람이 있고 둘이 차근차근 준비를 해 왔다면 이번 주 토요일에 채운이 결혼 못 할 이유는 코로나19 외에는 없었다. 반희 자신도 병석과 스물다섯에 결혼했다. 문득 반희는 자신이 채운에게 어떤 존재일까, 무엇을 기대하거나 요구할 자격이 있을까, 생각했고 그런 생각과 동시에, 스스로를 달래려는 건지 뭉개려는 건지 모를 생각들, 채운이 결혼을 하든 말든 그게 무슨 상관인가, 채운의 삶은 오로지 채운의 것일 뿐인데, 하

는 생각도 했다. 하지만 이번 주 토요일이 결혼식 날이었다는 말에 반희가 눈앞이 흐릿해질 만큼 충격을 받은 건 사실이었다. 발톱 모양도 잘 보이지 않았다.

누구 결혼식이었는지 안 물어봐?

누구?

반희는 애써 밝은 목소리로 물었다.

설마 채운이 너니?

나? 미쳤어? 어떻게 내 결혼식 날을 엄마가 모를 수가 있어?

채운이 펄쩍 뛰는 바람에 반희는 기뻤고 대번에 여유를 찾았다.

음, 그럼 누굴까?

채운이 아니라면 누구여도 상관없었다. 설사 명운이라 해도.

아빠!

웃음이 터졌다. 이번 주 토요일에 이병석이 결혼을 하려 했구나. 그런데 하필 이런 재난 탓에 취소가 되다니.

웃는 거야? 엄마는 이 상황이 웃겨?

그래, 엄마는 이 상황이 웃긴다.

이렇게 말하고 반희는 자기도 모르게 입술을 깨물었다. 뱉어 놓은 말을 얼른 치우려고, 그래, 나는 이 상황이 웃긴다,라고 정정해 말했다. 채운은 또 침묵을 지켰다. 채운이 요즘 항상 기분이 별로라고 한 게 병석의 결혼 때문이었을까. 그러니 반희가 두 번이나 웃긴다고 말해서는 안 되는 거였을까.

잠시 뒤 채운이 엄마, 하고 불렀고 반희가 응, 했다.

상황은 좀 안 좋아도…… 여행, 갈까?

여행은 무슨? 식도 못 올렸는데 여행은 더 무리지.

뭐라고?

나중에 상황 가라앉으면 천천히 식 올리고 가겠지.

아니, 아빠 말고 우리.

우리?

반희는 숨이 약간 가빠졌다.

우리 둘이 여행 가자고?

엄마도 쉬고 나도 쉬고 이런 날이 또 언제 오겠어? 한적한 데 가서 가만히 숨만 쉬다 오면 괜찮지 않을까?

나는…… 글쎄…… 채운아…… 글쎄…….

더듬거리는 반희와 달리 채운은 갑자기 말이 빨라졌다. 강원도 깊은 산골에 자기가 아는 펜션이 있다고, 차 몰고 갔다 차 몰고 오면 된다고, 거기서

는 밥도 해 먹을 수 있어서 밖에 나올 일이 없다고, 꼭꼭 숨어서 아무도 안 만나고 그 근처만 산책하고 그렇게 딱 하루만 지내다 오면 괜찮지 않겠느냐고 했다.

딱 하루만?

응, 딱 하루. 그러니까 일박 이일.

생각해 볼게.

전화를 끊고 반희는 여행에 대해서보다 자신이 전화로 한 말들을 먼저 돌아보았다. 너무 많은 말을 한 건 아닌지, 아니면 너무 적게 하려고 애써서 채운을 서운하게 한 건 아닌지, 혹시 쓸데없는 말을 하지는 않았는지. 반희는 다른 사람들과의 관계에서는 이런 점검을 하는 자신이 싫었고 하지 않으려 노력했다. 하지만 채운에게는 그러지 않았고 그러지 못했다. 자꾸 살피게 되었다. 채운이 알지 모

르지만, 반희가 자신을 '엄마'라고 칭하지 않고 채운을 '딸'이라고 부르지 않는 것도 그런 살핌의 일종이었다. 가끔 오늘처럼 실패하기는 해도.

반희는 채운이 자신을 닮는 게 싫었다. 둘 사이에 눈에 보이지 않는 닮음의 실이 이어져 있다면 그게 몇천 몇만 가닥이든 끊어 내고 싶었다. 그래서 결국 둘 사이가 끊어진다 해도 반희는 채운이

자신과 다르게 살기를 바랐다. 그래서 너는 '너',
나는 '나'여야 했다.

2

차를 몰고 주택가 골목으로 접어들던 채운은 대로변에 서 있는 낯익은 실루엣을 발견했다.

뭐야, 엄마야?

이미 꺾은 터라 좁은 골목에서 차를 돌리기가 힘들었다. 채운은 옆 건물에 차를 붙여 세우고 차창을 내렸다.

엄마!

반희가 두리번거렸다.

엄마! 여기!

채운이 차에서 내리며 소리치자 그제야 반희가 알아보고 다가왔다. 양손에 무거워 보이는 짐을 들고 있었다. 채운이 트렁크를 열고 반희가 들고 온 짐을 받아 넣었다.

뭐 이렇게 무거운 걸 들고나와 서 있어?

여기 길이 좁으니까. 거기 작은 봉지는 넣지 말고 나 줘.

작은 봉지에서 고소한 참기름 향이 났다.

길이 좁으면 뭐? 차 못 들어가는 길이야?

마주 오면 비키기 힘들 때 있어. 근데 이 차는 못 보던 차다.

렌트했어. 거기 펜션 들어가는 길이 좀 빡센 비포장이라서.

채운은 운전석에, 반희는 작은 봉지를 들고 조수석에 탔다. 채운은 반희가 안전벨트 매기를 기다렸다가 새끼손가락을 내밀었다.

엄마, 출발하기 전에 우리 몇 가지 약속을 하자.

반희는 묻지도 않고 순순히 새끼손가락을 걸

었다.

첫째, 여행 내내 폰 꺼 놓기.

그거 좋다.

반희가 새끼손가락을 까딱 움직였다.

둘째, 서로 친구처럼 누구 씨 누구 씨 하고 이름 부르기.

채운 씨 이렇게?

응. 나는 반희 씨 이렇게.

그것도 좋다.

또 까딱.

엄마가 좋아할 줄 알았어. 아니 반희 씨가…….

채운은 헛기침을 하고 말을 이었다.

셋째, 이게 마지막인데, 맛있는 거 많이 해 먹기.

좋다, 좋아.

두 번 까딱 까딱.

내가 운전하니까 요리는 반희 씨가 더 많이 해야 할 거야.

그러지 뭐.

새끼손가락을 풀고 채운이 차를 출발시켰다. 좁은 골목을 디귿 자로 돌아 나와 대로에 합류할 때 반희가 짐짓 예의 바르게 말했다.

차가 큰데도 운전을 잘하시네요, 채운 씨.

이게 그야말로 눈물겨운 훈련의 결과입니다, 반희 씨.

차 몰 일이 그렇게 많아요, 채운 씨?

내가 막내니까 늘 내가 몰지요.

뭐? 아빠랑 명운이 놔두고 맨날 네가 몬다고?

그게 아니고 일할 때, 일할 때.

아.

우리 팀에서 내가 막내거든. 이쪽이 차 몰 일이

좀 많아? 헌팅 갈 때는 엄청 빡센 길도 가고 촬영 갈 때는 이것보다 엄청 큰 차도 몰아.

그렇구나.

내가 공부는 못해도 몸 쓰는 일은 좀 하잖아? 근데 반희 씨, 조금 전에 화내려던 거 맞지?

맞아.

아빠랑 오빠 괜히 억울하겠다.

음, 이번엔 좀 미안하네.

우리 있잖아, 아빠랑 오빠도 이름 부를까? 병석 씨, 명운 씨 이렇게.

그러자. 그래야 내가 흥분해도 감정의 거리가 생길 것 같네.

세상 모든 사람에게 공평해지는 게 좋지.

반희가 채운을 보았다. 채운은 반희가 바라보는 시선을 느끼고, 내가 좀 멋진 말을 했나 싶어 어깨가 으쓱했다. 톨게이트를 빠져나오고 얼마 지나지 않아 반희가 손을 들어 오른쪽 차창 밖을 가리켰다.

저기 봐 봐. 참 예쁘지, 채운 씨?

와, 죽인다.

오른쪽 도로변이 온통 벚꽃 천지였다. 채운은 힐끔 왼쪽을 보았지만 그쪽엔 벚꽃이 없었다.

근데 왜 엄마 쪽에만 폈을까. 아니, 반희 씨 쪽에만.

내 쪽에만 펴서 분해?

아니, 불공평하잖아.

내 생각에는 처음엔 양쪽 길에 공평하게 벚나무를 심어 놨는데 도로를 확장하거나 그런 이유로 채운 씨 쪽을 베어 냈을 가능성이 높아.

그럴 수도 있겠네. 근데 엄마 밥 안 먹었지? 아니, 반희 씨.

채운이 씩 웃으며 쉽지 않네, 했고 반희가 억지로는 하지 말고 재미로 해, 했다.

아무튼 반희 씨, 중간에 휴게소에서 한번 쉬자고.

휴게소에 못 들를까 봐 김밥 싸 왔는데.

반희가 들고 있던 작은 봉지를 달싹거렸다. 옅은 참기름 냄새가 풍겼다.

뭐 하러 힘들게?

일찍 눈이 떠져서 세 줄만 말아 왔어.

그들은 70킬로쯤 달려 휴게소에 도착했다. 채운이 주차장 한적한 자리에 차를 세웠고 반희가 작은 봉지에서 김밥 도시락을 꺼냈다. 채운은 반희가 말아 온 김밥을 보고 이게 눈이 일찍 떠졌다고 뚝딱 말 수 있는 수준의 김밥인가 의심했다.

진짜 맛있다.

천천히 먹어.

그들은 뒷좌석 차창을 조금 내리고 반희가 가져온 보온병의 옥수수차를 마시며 김밥을 먹었다.

근데 반희 씨도 그래?

뭐가?

아빠 말이야, 아니, 병석 씨 말이야. 뭘 먹어도 예전 맛이 안 난대. 이거 먹어도 예전 같지 않네, 저거 먹어도 예전 같지 않네. 병석 씨 환장하는 단골

식당 육회 있지? 그거 먹고도 아, 이것도 예전 맛이 안 나는데 그러더라고.

단 하나의 처방이 떠오르네.

뭔데?

입맛이 돌아올 때까지 굶기는 거.

맞다 맞아, 아빠는 좀 굶겨야 돼. 점점 배가 나와.

김밥을 다 먹고 반희가 말했다.

그런데 어떡하지? 내려야겠는데.

내리면 되지 왜?

안 내리려고 김밥 싸 왔는데 화장실에 가야 하게 생겼네.

뭐 어때? 같이 내리자. 나도 커피 테이크아웃 할 거야.

그들은 마스크를 쓰고 차에서 내려 휴게소 건물을 향해 갔다.

반희 씨도 마실 거지? 두 잔 산다, 핫으로.

채운의 말에 반희가 머뭇거렸다.

먹고 싶긴 한데……. 자꾸 화장실 가게 될까 봐.

그냥 마셔. 이제 얼마 안 남았어. 차 안 막히니까 금방 갈 거야.

그럼 먹을게.

채운은 커피 두 잔을 사서 화장실 앞 벤치에 앉아 마스크를 내리고 자기 몫의 커피를 조금씩 홀짝이며 반희를 기다렸다. 커피는 뜨겁지만 맛은 별로 없었다. 반희는 좀처럼 나오지 않았다. 채운은 벤치에서 일어나 주변을 둘러보고 시간을 확인하려고 휴대 전화를 꺼냈다. 휴대 전화는 꺼져 있었다. 채운은 혹시 커피를 사는 동안 반희가 먼저 나와 차로 갔나 싶어서 차를 세워 둔 쪽으로 급히 걸어갔다. 차 근처에는 아무도 없었다. 반희도 휴대 전

화를 꺼 놓았을 테니 전화를 걸 수도 없었다. 채운이 다시 허둥지둥 화장실 앞으로 돌아오는데 화장실에서 나오는 반희가 보였다. 멀리서 보니 반희가 더 작고 늙어 보였다.

먼저 간 줄 알았잖아.

내가 오래 걸려. 점점 오래 걸리네.

채운이 커피를 건네자 반희가 난처한 표정을 지었다.

먹어도 될까.

아, 좀 편하게 마셔! 가다 아무 휴게소나 서면 되지!

반희가 채운의 눈치를 힐끔 보았다.

아니, 내 말은, 내가 알았으니까 엄마 속도를……

반희가 속도, 하더니 풋 웃었다.

그래, 내가 엄마 오줌 싸는 속도를 알았으니까 아무리 오래 싸도 괜찮다고…….

있잖아, 하고 반희가 채운의 말을 끊었다.

여기 휴게소가 좋은 게 화장실 휴지가 두루마리가 아니고 쏙쏙 뽑아 쓰는 방식이더라.

코로나 때문인가?

그런 것 같아. 두루마리면 아무래도 손 타니까 바꾼 것 같아.

진짜 그래서 바꾼 거면 대단한데?

대단히 신속하지? 이런 휴지 같은 작은 문제도 아무렇게나 바꾸는 게 아니거든. 관리자들이 모여서 회의하고 이게 문제다, 어떻게 바꿀까 아이디어를 내고 윗선에서 결정해서 예산 승인받아서 새로 설치한 걸 거거든.

가만 보니까 반희 씨는 하나를 보면 열을 아네.

아까 벗나무 얘기도 그렇고.

그건 아니고, 우리 체육관도 뭐 하나 조그만 거라도 바꾸려면 직원들이 건의하고 위에서 결정하고 그러는 데 복잡한 절차를 거치거든.

그들은 휴게소를 빠져나와 고속도로에 접어들었고 채운은 일정한 속도로 달렸다. 그러다 문득 채운은 반희가 '우리 체육관'이라고 말한 게 생각났다. 벌써 그렇게 됐나. 비정규직인 반희는 원하든 원하지 않든 2년 미만의 주기로 일자리를 옮겨야 했는데, 옮긴 직후에는 '내가 요즘 일하는'이라고 말하다 어느 시점이 되면 자연스럽게 '우리'라는 말을 붙여 말했고 '우리'라고 말한 지 얼마 안 되어 다른 직장으로 옮겨야 했다. 지금 반희가 '우리 체육관'이라고 한 걸 보면 계약 기간이 다 되어 간다는 뜻이고, 휴관일이 길어지면 아마 휴관 중에 계약 해지 통보를 받을지도 모른다. 엄마는 또 새로 취업할 수 있을까, 채운은 생각했다. 그리고 나는 언제쯤 일을 다시 시작하게 될까.

차는 조금도 막히지 않았다. 너무 빨리 도착하면 여행 기분이 안 나는데, 하고 채운이 말했지만 반희는 아무 반응이 없었다. 슬쩍 곁눈질로 보니 반희가 고개를 옆으로 기울인 채 잠들어 있었다. 맞아, 엄마는 차만 타면 잤지, 채운은 생각했고, 그게 일종의 멀미라던데, 하는 생각도 했다. 잠시 뒤 채운은 증상이 시작된 걸 감지했다. 눈가가 뜨거워지고 가슴이 빨리 뛰었다. 채운은 차선을 바꾸었다. 이마에 살짝 배었던 땀이 어느새 얼굴 옆선을 타고 흘러내렸다. 목 뒷덜미와 등허리도 땀에 젖는 게 느껴졌다. 채운은 가장 가까운 졸음 쉼터에 차를 세우고 차창을 열었다. 가슴을 누르고 몇 차례

심호흡을 했다. 다행히 곧 호흡이 돌아왔다. 채운은 휴지를 꺼내 땀에 젖은 얼굴과 목을 닦고 웃옷을 벗었다.

왜? 왜 그래, 채운아?

반희가 화들짝 깨어 물었다.

아냐, 엄마. 내가 갑자기 너무 더워서 그래. 엄만 안 더워?

응. 난 지금은 괜찮은데.

그래, 그럼 더 자.

아냐, 아냐, 깼어. 근데 채운이 너 정말 괜찮니?

3

그들이 탄 차는 고속도로에서 벗어나 국도로 달리다 옆쪽 숲길로 접어들었다. 처음엔 가로줄이 죽죽 그어진 시멘트 길이었다가 곧 흙길이 시작되었다. 표면이 고르지 않은 데다 언덕에 급커브 구간도 있어 차가 덜컹거렸고 흙먼지가 일었다.

길이 진짜 험하네.

반희가 차창 위 손잡이를 잡으며 말했다.

그래서 내가 이 녀석을 렌트했지. 몰아 본 중에 얘가 젤로 힘이 좋거든. 여기는 웬만한 자가용으로 가다간 바닥 다 긁혀.

멋있어.

반희가 감탄한 얼굴로 말했다.

풍경이 괜찮지?

아니, 채운 씨가 멋있다고.

내가 멋있다고?

응.

채운은 웃음이 났다.

참, 별게 다. 지금 우리가 가는 데는 예전에 내가 촬영지 헌팅 다니다 알게 된 집인데 말이 펜션이지 진짜 절간이 따로 없어.

멋있어.

또 뭐가?

채운이 실실 웃었다.

이런 데도 다 알고 정말 멋있어, 채운 씨.

아, 그만해! 웃겨서 운전을 못 하겠어.

엉덩이가 배길 만큼 달려 도착한 숲속 펜션은 널따란 마당이 딸린 나지막한 단층집이었다. 반희

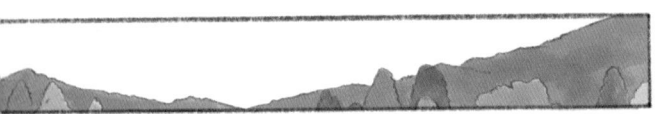

는 차에서 내려 주변을 둘러보았다. 어떻게 이런 깊은 골짜기에 집이 다 있나 싶은 마련해선 제법 깨끗하고 멀쩡했다. 차 뒤편에서 채운이 아이고 하는 소리가 들렸다. 반희가 가 보니 흙길을 달려온 탓에 차 꽁무니가 미숫가루를 쏟아부은 듯 누런 흙먼지를 뒤집어쓰고 있었다.

어머, 차가 엉망이 됐네.

앞은 멀쩡해서 몰랐는데.

차를 둘러본 반희가 말했다.

얼굴은 멀쩡한데 뒤통수만 그러네. 물 좀 떠다 씻길까?

됐어. 뭐 사러 내려갔다 오면 또 이 꼴 될 텐데.

채운이 먼지가 날리지 않도록 트렁크 문을 조심히 열고 반희가 가져온 짐을 꺼냈다.

내가 웬만한 건 다 싸 와서 내려갈 일 없을 것 같

은데, 이따 얘 세수는 말고 머리만 감길까.

반희의 말에 채운이 낄낄 웃었다.

내 머리 감기도 힘든데 됐어. 나 이따 술 사러 내려갔다 올 거야. 비켜, 먼지 나.

채운이 트렁크를 쾅 닫고 짐을 들고 펜션을 향해 썩썩 걸어갔다. 반희는 아쉽다는 듯 자꾸 차를 돌아보다 문득 차량 렌트비는 이미 채운이 냈을 테니 펜션 숙박비는 자신이 내야겠다는 생각에 걸음을 서둘렀다. 그러나 반희의 생각과 반대로 숙박비는 채운이 예약하면서 결제했고 렌트비는 차를 돌려줄 때 내는 거라고 했다.

펜션의 내부 설비도 반희의 예상보다 훌륭했다. 큼직한 원룸에 작은 욕실과 간이 주방이 딸려 있고 계곡 쪽으로 베란다도 나 있었다. 채운이 욕실에

들어간 동안 반희는 베란다 유리문을 활짝 열고 방을 청소했다. 가물었는지 계곡 물소리는 들리지 않았다. 텔레비전과 화장대와 붙박이장이 있고 장 안에 요와 이불 세 채가 들어 있었다. 욕실에서 손발을 씻고 나온 채운이 말했다.

큰일 났어! 여기 수건이 없어.

내가 가져왔지.

반희가 수건을 네 장 꺼냈다.

너 두 장, 나 두 장 하자. 하나는 세수수건, 하나는 발수건 해.

발수건은 같이 쓰지?

채운의 말에 반희는 체육관의 축축한 발깔개를 떠올리고 기겁을 했다.

안 돼. 따로 써.

알았어. 까탈스럽기는.

채운이 발을 수건에 문지르고 짐을 푸는 반희 앞으로 다가앉았다.

뭐를 이케 이케 많이 싸 오셨을까?

별거 없어.

반희가 수줍게 말했다.

이건 뭐야?

나물.

이렇게나 종류별로 다 싸 왔어?

옛날에 채운 씨가 이 나물 좋아했는데, 기억나?

이게 뭔데?

비름나물?

와, 비름나물! 진짜 오랜만에 들어 본다. 고추장에 비빈 거 맞지?

응. 고추장에 무친 거.

맞아, 무친 거. 이건 뭐야?

두릅 장아찌.

엄마가 직접 만든 거야?

응.

뭐 다 식물이야? 단백질은 없어?

여기, 동그랑땡.

와, 동그랑땡! 이건?

그건 만두.

와, 만두!

반희는 어린 채운에게 말을 가르칠 때처럼 머리를 맞대고 하나하나 일러 주는 게 재미있었다. 이건 곰, 이건 토끼, 이건 채송화. 어린 채운이 손뼉을 쳤다. 채운이 할 때 채. 그렇지. 스물다섯의 채운도 손뼉을 쳤다.

완전 잔칫집이네.

그렇지, 하고 반희가 말했다.

4

그들은 펜션 앞 계곡을 둘러본 후 산 위로 조금 올라가 보기로 했다. 이런저런 얘기를 나누던 중에 채운이 물었다.

반희 씨, 나 어렸을 때 혹시 어디 멀리 간 적 있어?

나 혼자만?

응.

멀리 간 적은 없고 한번 집 나간 적이 있어.

그래?

응.

그래서?

반희는 채운이 집 나간 이유를 묻지 않아서 좋

앗다.

밤이 돼도 안 오니까 처음엔 병석 씨가 전화도 하고 문자도 했지.

그래서?

내가 답장을 안 하니까 나중엔 명운 씨가 문자를 했어.

뭐라고?

어디냐고, 왜 아직 안 오느냐고.

그래서 오빠, 아니 명운 씨한테는 답장했어?

명운 씨한테도 답장 안 했어.

진짜?

처음엔 걱정하는 내용이더니 갈수록 글이 점점 짧아지면서 화가 난 것 같더라.

글이 짧아져? 하하, 오빠가 뭐랬는데?

아 진짜 뭐야? 엄마 왜 그래? 아빠 무지 화났어!

으으으으 이제 나도 몰라!

채운이 크게 웃었다.

그때 명운 씨 몇 살이었는데?

중학교 1학년.

채운은 반희 몰래 손가락을 꼽아 보았다. 그럼 그때 자신은 초3이었을 것이다. 열 살.

그래서?

그래서는 뭐…… 몇 시간쯤 더 있다 들어갔지.

엑! 그게 뭐야?

그러게.

하룻밤이라도 버텨야지 왜 그렇게 빨리 들어와?

반희가 채운을 의미심장하게 보았다.

왜?

음, 채운 씨가 운다고 문자 와서.

50
51

진짜? 진짜 내가 울었대? 아빠, 아니 병석 씨하고 명운 씨가 사기 친 거 아니고?

아니야. 내가 들어오니까 채운 씨가 엉엉 울면서 뛰어오는데 운 티가 많이 났어.

하아, 참.

근데 울면서 뛰어는 왔는데 내 앞에 딱 서더니 고개를 홱 돌리더라.

와, 기가 막혀.

채운이 걸음을 멈췄다.

나 화났다 이거지?

그렇지. 그러고도 이십 분은 날 똑바로 쳐다보지도 않더라. 내 뒤를 졸졸 따라다니기는 하는데 얼굴 보려고 하면 보여 주지를 않아.

초3이나 된 게 뭐 하는 짓이야.

서운한 게 안 풀려서 그런 거지. 난 그때 채운 씨

마음 알 것 같았어.

근데 나는 그때 반희 씨 마음을 몰랐던 거네.

몰랐어야지. 채운 씨가 그 나이에 그런 것까지 알았으면 내가 더 비참했지.

난 왜 울었던 기억이 안 나지?

내가 그때 채운 씨 마음을 잘 풀어 줘서 그런 거 아닐까? 한 점 앙금도 없이.

반희 씨, 자만심 쩐다. 그건 아닌 것 같은데.

반희가 웃었다.

아닌 것 같아? 이상하네. 내가 평생 살면서 잘 안 되는 게 자만하는 건데.

아니, 자만 쩔어, 쩔어.

관목이 우거진 좁은 길이 나타났고 채운이 앞장섰다. 뒤따르던 반희가 물었다.

채운 씨는 살면서 잘 안 되는 거 뭐 없어?

나 잘 안 되는 거? 엄청 많은데……. 아, 뭐 있지? 맞다, 음식!

음식 뭐?

에이, 하필 뭐 이렇게 유치한 게 생각나냐? 내가 겉보기엔 안 그래 보이는데, 맛있는 거 있을 때 눈치 안 보고 막 먹는 거, 그걸 못 해.

그게 왜 안 될까?

뭔 소리야?

채운이 뒤를 돌아 반희를 흘겨보며 말했다.

나 이거 반희 씨한테 배운 건데.

그래?

응.

그럴 수 있겠다. 그래도 난 지금은 많이 교정됐는데.

아닌 것 같은데?

이것도 아닌 것 같아? 나 먹고 싶은 거 있으면 눈치 안 보고 먹으려고 하는 편인데.

그건 반희 씨가 혼자 사니까 그런 거고. 또 먹는 것만이 아니라, 오늘 아침에 보라고. 길에 나와서 서 있는 것도 그렇고, 김밥 말아 온 것도 그렇고, 먹을 거 바리바리 싸 온 것도 그렇고.

다 눈치 보는 거라고?

그래, 맞아. 눈치 보는 거. 엄마 지금도 눈치 본다고 엄청.

고질적이네. 혼자 살면서 고쳐진 줄 알았는데.

아, 채운이 손뼉을 쳤다.

그럼 엄마, 우리 오늘 이렇게 하자.

뭐?

저녁때 먹을 것 놓고 대차게 한번 싸워 보자. 서로 절대 덜어 주거나 얹어 주지 말고 짐승처럼 막

싸우면서 먹어 보자.

　그래, 좋다. 독하게 훈련해…….

　반희의 뒷말이 숨에 묻혔다.

　엄마, 힘들지? 이제 그만 내려갈까.

　응, 내려가.

　올라올 때만 해도 나뭇가지 사이로 언뜻언뜻 해가 비쳤는데 어느새 산그늘이 졌다. 산길을 내려오면서 채운은 반희가 말한 그날이 자신이 기억하는 그날일까 생각했지만 아무리 되짚어도 그날 운 기억이 나지 않았다. 어쩌면 자신이 기억하는 날은 실제가 아니라 상상인지도 몰랐다. 중요한 건 그게 아니라, 초3에서 고2까지, 채운은 늘어뜨린 손가락을 천천히 꼽아 보았다. 8년이었다. 엄마가 버틴 시간. 그리고 고2에서 지금까지, 손가락을 꼽아 보니 7년이었다. 세상에, 엄마가 집 나간 지 7년밖에 안

됐다고? 채운은 어이가 없었다. 엄마는 8년이고 자
신은 7년이라니, 뭔가 억울한 기분이 들었다.

5

채운이 차를 몰고 술을 사러 내려갔다 올 동안 반희는 음식을 준비했다. 만둣국을 끓일 요량으로 맛국물을 내 놓고 동그랑땡과 김치전을 데웠다. 삼색 나물은 한 접시에 모아 담았는데 비름나물을 넉넉히 놓았다.

채운을 기다릴 겸 반희는 펜션 앞마당 벤치에 나가 앉아 담배를 피웠다. 공기는 차고 주위는 어두웠다. 가끔 들리는 새소리, 나뭇가지가 부딪치거나 꺾이는 소리, 휙 바람이 몰아치는 소리 외에는 완전무결한 적막이었다. 소리가 들리지 않으니 시간도 멈춘 듯했다. 어느 순간 아주 먼 곳에서 오옹 오옹 하는 희미한 소리가 들려왔다. 소리는 점

점 가까워지고 있었다. 채운이 오는 소리 같았다.
시간이 다시 흐르기 시작했다. 반희는 믿기지 않는
일이 일어나기라도 한 듯 가슴이 뛰었다. 숲의 적
막 속에 앉아 있는 늙은 자신만큼이나 차를 몰고
산길을 올라오는 젊은 채운의 존재도 믿을 수 없었
다. 그들이 곧 만나게 되리라는 것도, 이 어두운 숲
속에서 함께 밤을 보내게 되리라는 것도 믿을 수

없었다. 반희는 이 순간을 영원히 움켜쥐려는 듯 주먹을 꼭 쥐었고, 절대 잊을 수 없도록 스스로에게 일러 주려는 듯 작게 소리 내어 말했다.

채운 씨가 오고 있어. 채운 씨가 와.

채운이 젓가락을 툭 내려놓았다.

재미없다. 우리 싸움 너무 못해.

그러게.

반희도 인정했다.

그냥 먹던 대로 먹자, 엄마.

채운의 말이 끝나기 무섭게 반희가 냄비에 하나 남은 만두를 채운의 그릇에 얹었다.

와, 이런 싸움은 잘하는데?

잘하지. 채운 씨는 나 못 이기고.

맞아. 반희 씨 경력이 장난은 아니지.

저녁을 먹고 채운이 설거지를 하는 동안 반희는 욕실에서 씻었다. 씻고 나와 발수건에 발을 꼼꼼히 닦고 채운의 것과 섞이지 않도록 치워 놓았다. 채운이 씻는 동안 반희는 과일을 깎았다. 씻고 나온 채운이 컴퓨터도 없고 폰도 꺼 놓으니 심심하다며 티브이를 켜서 채널을 이리저리 돌렸다.

반희 씨는 요즘 하루를 어떻게 보내? 체육관도 안 나가고.

처음엔 그냥 잠만 자고 집에서 쉬기만 했는데, 요즘엔 반찬 가게 일 해.

반찬 가게를 나가?

아니, 나가는 건 아니고 집에서 만들어서 가까운 반찬 가게에 대 주는 일. 납품 같은 거지.

와, 그래? 난 몰랐네.

한 지 얼마 안 됐어.

뭐 뭐 만드는데?

처음엔 파김치 한 가지만 했는데 가게 사장이 이것저것 해 보라고 해서 요즘엔 부추김치, 오이소박이, 아까 먹은 두릅 장아찌, 그것도 하고.

할 만해?

아직 몰라.

와, 엄마! 저기 봐!

채운이 티브이 화면을 가리켰다.

저기 나 가 본 데다! 우포 늪이라고 경치가 진짜 죽여.

화면에는 누런 갈대숲과 습지가 펼쳐졌고 물에 긴 다리를 반쯤 담근 채 유유히 걸어 다니는 크고 흰 새들이 있었다. 눈가가 붉었다.

나 갔을 땐 저런 새 못 봤는데. 쟤가 따오기구나.

채운이 볼륨을 높였다.

엄마, 따오기가 진짜 따옥따옥 울어.

따옥따옥 우는 소리를 따서 이름이 따오기가 되었을 텐데 채운은 그 유사성이 기막힌 우연이기라도 한 것처럼 신기해했다.

엄마, 들어 봐! 따옥따옥 울지? 와, 따오기가 진짜 따옥따옥 울다니.

반희가 참지 못하고 웃음을 터뜨렸다. 채운이 어리둥절한 얼굴로 따라 웃었다.

엄마도 평소에 티브이 봐?

응, 봐.

왠지 엄마는 티브이 같은 거 안 볼 각인데.

요즘엔 자주 봐. 파 다듬으면서도 보고 마늘 까면서도 보고.

주로 뭐 봐?

다큐. 자연 다큐. 그런 것만 해 주는 채널이 있어.

거봐! 그럴 줄 알았어. 그래서 따오기가 따옥따옥 우는 것도 알잖아?

맞아.

흠, 그러면서 태어날 때부터 알았던 것처럼 날 비웃고 말이지. 그럼 뭐 재밌는 동물 아는 거 없어? 하나만 얘기해 봐. 내가 아나 모르나 보게.

깊은 바다에 사는 물고기가 있어.

와, 재밌겠다.

이 물고기는 머리 윗부분 절반이 투명해.

머리 윗부분 절반이?

응. 언뜻 보면 경비행기 앞부분 조종석에 시야를 확보하기 위해 반구형 유리를 씌워 놓은 모양과 비슷해.

반구형?

응. 반구형.

반희가 두 손으로 공의 절반을 쓰다듬는 시늉을 했다.

아.

놀라운 사실은 실제 목적도 비슷하다는 거야. 원래 물고기는 눈이 옆에 달려서 위를 볼 수가 없는데 이 물고기는 큰 물고기에게 잡아먹히지 않으려면 자기 위로 큰 물고기가 지나가는지 아닌지 기필코 알아내야 해. 그래서 자기 뇌를 젤리화해서 투명하게 만든 거야.

뭐, 뇌를 젤리화해? 진짜?

물고기는 유리를 못 만드니까 자기 뇌를 유리처럼 만들어서 시야가 뇌를 관통하게 한 거지. 그렇다고 머리가 완전히 유리 같지는 않고 반투명 유리쯤 돼. 그쯤만 돼도 위에 큰 그림자가 지나가는지 아닌지는 알 수 있으니까.

66
/
67

와, 신기해. 그 물고기 이름이 뭐야?

이름은 몰라. 어쩌면 그 정도 깊이에 사는 물고기들 대부분이 그렇게 진화했을 수도 있고.

자기 머리를 젤리화한다는 발상은 정말 놀라운데.

채운이 냉장고에서 맥주를 두 캔 가져와 땄다. 둘은 캔을 부딪치고 마셨다.

물고기도 그렇게 바뀌는데, 엄마.

채운이 심각한 얼굴로 말했다.

인간도 말이야, 앞만 보게 돼 있잖아. 근데 만약에 천적이 늘 뒤에서만 나타난다고 하면 그걸 보려고 뇌를 젤리화시켜서 뒤를 볼 수도 있겠네.

글쎄, 뇌를 젤리화시키는 건 너무 고난도 기술이니까 차라리 고개를 재빨리 180도 회전시키는 식으로 진화하지 않을까. 경추, 그러니까 목뼈를 빙빙 도는 나사못처럼 만든다든가.

하하, 엄마 천재다. 이래서 사람은 배워야 돼. 엄마랑 얘기하면 되게 재미있다니까. 여자들 밤에 가다가 뒤에 누가 따라오나 안 오나 목뼈, 그 경추를 빙빙 돌려서 보면 좋을 것 같지 않아?

아, 그건 아닌 것 같은데, 채운 씨.

반희가 걱정스럽게 말했다.

지금도 고개를 못 돌리는 건 아닌데 무서워서 못 돌아보는 거잖아. 경추가 빙빙 돈다고 돌아볼 수 있을까?

그래? 그럼 아까 그 물고기처럼 뇌를 젤리화하는 수밖에 없는 건가?

그렇지. 그리고 머리카락도 반은 밀어야 할걸.

와, 그러네. 그 풍경 참 기괴한데. 여자들이 외계인처럼 머리 절반이 그렇게 돼서 돌아다닌다고 상상하면.

　채운은 잠시 생각에 잠겨 있다가 말했다.

　엄마, 우리가 먹을 거 놓고 마음껏 싸우지도 못하게 된 건 뭐 땜에 그런 걸까?

　음.

　반희가 생각하다 말했다.

　그것도 물고기랑 같은 이유겠지. 우리를 보호하기 위해서. 어떻게든 살아남으려고.

　세상 뭐 다 이렇게 슬픈 얘기야, 젠장.

　채운이 맥주를 벌컥 마시고 말했다.

　나는 원래 생겨 먹은 데서 얼마나 많이 바뀌었을까.

　반희는 뭐라고 대답할 수 없었다.

　산속의 밤은 길었다. 채운은 줄기차게 맥주를

마셨고 반희는 중간에 배가 불러 그만 마시다 다시 마셨다.

엄마, 아빠는 말이야, 내가 말을 안 하고 있으면 못 견딘다. 오빠도 말 안 하고 있는데 나한테만 오늘 왜 그러느냐고, 왜 말 안 하느냐고 물어.

취기가 오르면서 채운은 누구 씨라고 부르기로 한 약속을 까맣게 잊은 듯했다.

그럼 채운 씨는 뭐라고 해?

반희가 물었다.

뭘 내가 말을 안 하느냐고, 평소랑 똑같다고 그러지.

그런 말 하지 말지.

반희가 말했다.

그게 안 쉬워.

안 쉽지.

잠시 후에 반희가 말했다.

나도 말이야, 잘 안 돼. 오늘 채운 씨가 운전도 잘하고 지리도 잘 알고 그런 걸 보면서 무슨 생각 했느냐 하면, 딸이어도 참 믿음직하다, 아들보다 낫다……. 그게 생각을 했다기보다 저절로 그런 생각이 든 거야. 그러고 나서 그 생각이 말로 나올까 봐 너무 놀라서 진땀이 났어. 왜 자꾸 그런 생각을 하는지 모르겠어.

채운이 일어나 냉장고에서 맥주를 더 꺼내 왔다.

엄마, 왜 아빠 재혼하는 거 안 물어봐? 누군지, 어떤 여잔지 안 궁금해?

반희는 잠시 머뭇거렸다.

자존심 상해서 그래?

그건 아니야.

반희가 단호하게 말했다.

그냥 병석 씨한테 관심이 없어.

아직도 미워해?

미워하지는 않고, 관심을 안 가지려고 할 뿐이야. 병석 씨도 나한테 관심이 없었으면 좋겠고. 아니, 병석 씨만이 아니라 아무도 나한테 관심이 없었으면 좋겠어. 난 세상 아무에게도 보이고 싶지 않아. 눈에 안 띄고 싶어.

나한테도?

채운이 눈을 동그랗게 떴다.

아니, 반희가 말했다.

채운 씨만 빼고. 그러니까 내가 채운 씨는 만나잖아.

그래서 외갓집에도 안 가는 거야?

외가가 아니라 내 본가.

알았어. 엄마 본가.

당분간 나를 지키고 싶어서 그래. 관심도 간섭도 다 폭력 같아. 모욕 같고. 그런 것들에 노출되지 않고 안전하게, 고요하게 사는 게 내 목표야. 마지막 자존심이고. 죽기 전까지 그렇게 살고 싶어.

와.

채운이 짧게 말했다.

우리 엄마, 정숙 씨라고 하자.

반희는 스스로 좀 취했다고 느꼈지만 계속 이야기했다.

정숙 씨 말로는 내가 어려서부터 그렇게 순해빠졌대. 시키면 시키는 대로 하고 죽으라면 죽는 시늉도 하고. 칭찬인 줄 알았지. 공부하라면 하고 좋은 대학 가라면 가고 취직해서 돈 벌라면 벌었지. 난 뭘 주장하고 누구랑 싸우고 뭘 얻어 내고 그런 걸 못했어. 그러다 보니 힘이 들었겠지. 아무것도 못 바꾸고 아무것도 안 바뀌니까 도망치고 싶었겠지. 그냥 도망치면 될걸 결혼으로 도망친 게 실수였어. 딱 지금 채운 씨 나이네. 스물다섯에 결혼한다니까 춘영 씨도 정숙 씨도 결사적으로 반대했어. 이기적이라고, 줄줄이 딸린 동생들 내팽개치고 결혼한다고. 내가 이혼할 때도 춘영 씨하고 정숙 씨가 그렇게 반대했어. 복에 겨워서 그런다고, 돈 잘 버는 남편에 똑똑한 아들내미 내팽개치고 이혼한다고. 나는 채운 씨가 제일 마음에 걸렸는데, 그래도 이혼한 거 보면 내가 이기적인 게 맞긴 맞는가 봐. 안 그러면 내가 죽을 것 같아서. 죽기 전에 나를 조금이라도 회복해 놓고 싶어서.

와, 와. 나 애매해지네, 마음이. 엄마가 이렇게 똑 부러지니까 애매해져. 나는, 나도 너무 힘이 들거든. 그래도 내가 엄마를 이해하거든. 이해한다고 알고 있거든. 근데 있지, 내가 갑자기 엄마가 너무 미우면서, 가엾으면서, 미칠 거 같으면서, 엄마가 죽은 것 같은 때가 있는 거야. 그럴 때면 가슴이 답답하고 숨이 안 쉬어져. 열이 나고 땀이 줄줄 나. 옛날에 어렸을 때, 그게 엄마가 아까 얘기한 그날인지 아닌지는 모르겠는데, 진짜로 있었던 일인지 아닌지도 모르겠는데, 내가 엄마가 없다는 걸 고스란히 느낀 거야. 그냥 방에 있는데 엄마가 없다는 게 너무 확실하게 느껴졌어. 운 기억은 진짜 없고, 그냥 엄마가 없다는 걸 알고 막 가슴이 답답하고 숨이 안 쉬어졌어.

채운아, 하고 반희가 당황해서 불렀다.

엄마, 나는 미래 완료라는 말이 그렇게 슬퍼. 언제부턴가 난 알았던 것 같아. 엄마가 집을 나갈 거라는 걸. 엄마가 나간 다음에 나 혼자 엄마 없이 살

거라는 걸. 나 고2 때 진짜 엄마가 이혼하고 나갔잖아? 내가 상상한 그대로 미래 완료가 된 거야. 나 혼자 집에 있고 엄마는 집에 없고. 그렇게 될 줄 다 알면서 모른 척 살아온 거 같았어. 그러고 얼마 안 있다가 더 나쁜 미래 완료가 생겨난 거야. 아직 안 일어났지만 일어난 것 같은, 그 느낌이 너무 생생해서 미치겠어. 어느 날 엄마가 죽고 없는데 나 혼자 낯선 길 위에 서 있는 거야. 어떤 때는 캄캄한 방에 누워 있는데 엄마는 죽고 없는 거야. 그러면 가슴이 아파서 도저히 숨을 못 쉬겠어.

채운아, 하고 반희가 채운의 손을 잡았다.

아까 차 세운 것도 그래서 그랬어? 엄마 봐!

채운이 반희를 보았다. 눈가가 따오기처럼 붉었지만 눈물은 고여 있지 않았다. 오히려 눈 속이 불타는 것 같았다.

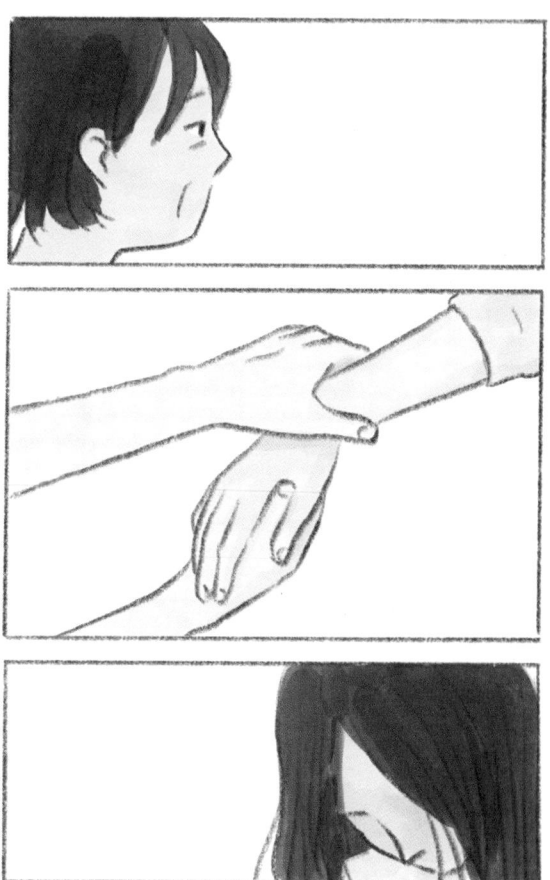

엄마, 나 사랑하지?

반희가 고개를 끄덕였다. 말이 나오지 않았다.

일아. 엄마 보면 날 사랑하는 거 맞아. 날 사랑해서 힘든 게 보여. 나도 엄마 사랑해. 그래서 힘들어. 근데 엄마, 내가 머리가 나빠서 잘 모르는 거야? 사랑하는 게 왜 좋고 기쁘지가 않아? 사랑해서 얻는 게 왜 이런 악몽이야? 사랑하지 않으면 이렇게 안 힘들어도 되는데, 미워하면 되는데, 왜 우린 사랑을 하고 있어? 왜 이따위 사랑을 하고 있냐고. 눈물도 안 나오고 숨도 못 쉬겠는, 왜 이런, 이런 사랑을 하냐고.

채운이 벌떡 일어나 가슴을 누르며 욕실로 뛰어 들어갔다.

6

밤새 뒤척이다 새벽에 겨우 잠들었던 반희는 베란다 커튼 사이로 새어 드는 빛과 새소리에 잠을 깼다. 옆에 채운이 누워 있었다. 자는 얼굴은 아기 같은데 술 냄새를 풍기고 얕은 코까지 골고 있었다. 반희는 자리에서 일어나려다 다시 앉아 채운의 어깨를 내려다보았다. 민소매 티셔츠를 입은 채운의 오른쪽 어깨에 타투를 했다가 지운 자국이 손바닥만 한 크기의 흉터로 남아 있었다. 흔적으로는 아마 애초에 장미 모양의 타투를 하지 않았을까 싶었다. 타투를 한 것도 지운 것도 오로지 채운의 의지였을까. 혹시라도……. 대상을 알 수 없는 분노가 치밀어 반희는 입술을 깨물었다.

80
/
81

반희는 앞마당 벤치에 앉아 담배를 피우며 채운이 말한 미래 완료에 대해 생각했다. 어제저녁과 달리 숲의 아침은 은근한 소란스러움으로 가득 차 있었다. 지금껏 나는 무슨 짓을 하며 살아온 것일까, 반희는 생각했다. 두려워 도망치고 두려워 숨고 두려워 끊어 내려고만 하면서. 채운과 이어진 수천 수만 가닥의 실을 끊어 내려던 게 채운에게는 수천 수만 가닥의 실을 엉키게 하는 짓이었다면, 지금껏 나는 무엇을 위해 이렇게 살아온 것일까.

반희는 담배를 끄고 두 손을 맞잡았다. 바람이 휙 지나가면서 진한 흙내와 풀 향이 스쳤다. 사랑해서 얻는 게 악몽이라면, 차라리 악몽을 꾸자고 반희는 결심했다. 내 딸이 꾸는 악몽을 같이 꾸자. 우리 모녀 사이에 수천 수만 가닥의 실이 이어져 있다면 그걸 밧줄로 꼬아 서로를 더 단단히 붙들어 매자. 말라비틀어지고 질겨지고 섬뜩해지자. 뇌를 젤리화하고 경추를 빙빙 돌리자. 한 번도 해 본 적 없는 생각들이 밑도 끝도 없이 샘솟았고 반희는 믿기지 않는 일이 일어나기라도 한 듯 가슴이 뛰었다. 이 숲은, 이 벤치는 참 이상도 하지. 그러면서 반희는 어제저녁과 똑같이, 이 순간을 영원히 움켜쥐려는 듯 주먹을 꼭 쥐고, 절대 잊을 수 없도록 스스로에게 일러 주려는 듯 작게 소리 내어 말했다.

아무것도 아니야, 채운아. 아무것도 아닌 것들이었어.

채운이 해장엔 라면이라며 만두를 넣고 라면을 끓였다.

만두는 셋, 사람은 둘. 이러면 남은 하나는 누가 먹어야 하지?

채운이 물었다.

반희가 말없이 남은 만두를 가져가 먹었다.

와.

이제 맛있는 거 내가 다 먹고 건강해지려고. 그래야 네가 이상한 미래 완료 증상에 안 시달리지.

아, 진짜 미래 완료 증상은 또 뭐야?

나 안 죽을 테니까 너도 마음을 편안히 먹어. 조실부모한 것도 아니고……. 음, 그러니까 조기에 실했다, 부모를. 조실부모.

고아 말이야?

그렇지. 넌 고아도 아니고 다 커서 부모가 이혼한 건데 왜 그런 나쁜 생각을 해서 몸을 괴롭혀? 그렇다고 너무 걱정하진 말고, 증상이 심해지면 엄마랑 손잡고 병원 가면 돼.

채운이 반희를 빤히 보았다.

이제 엄마, 내 딸, 이런 말도 다 할 거야, 무슨 말인지 알지?

응, 알아.

엄마 튼튼해져서 내 딸보다 오래 살 거야. 그러니까 엄마 불쌍하게 여기지 마. 엄마가 몸 움직여서 돈 벌어서 사는 거, 엄마는 자랑스러우니까.

와, 나 적응 안 돼. 맥주 심하게 땡기네.

운전해야 하니까 지금은 안 되고 이따 엄마 집 가서 같이 한잔해.

엄마 집 간다고? 드디어 나 엄마 집 가 보는 거야?

그동안 내가 미쳤지. 딸도 집에 안 들이고. 엄마 좀 창피하니까 네가 쳐들어오는 걸로 하자.

엄마 진짜 창피한가 봐. 얼굴 빨개졌어.

그건 폐경돼서 그런 거고.

폐경됐어?

몇 년 찔끔거리다 재작년부터 끊겼어.

근데 반희 씨, 요즘엔 폐경이란 말 안 써요.

그래?

완경! 완경했다 그래. 세상 똑똑한 엄마가 그것
도 몰라?

완경? 완성했다는 건가, 완료됐다는 건가?

뭐 대충 그런 거 아닐까?

완성은 너무 미화고, 완료도 마음에 안 들고, 깔
끔하게 종경이라고 할래.

종 쳤다고?

채운의 말에 반희가 히죽 웃었다.

그래. 종 쳤어. 종 쳤으니 집에 가고 좋네.

엄마, 밤새 무슨 일 있었어? 말투도 막 바뀐 거
같아.

뭔 소리야?

반희가 채운을 흘겨보며 말했다.

나 이거 너한테 배운 건데.

와.

채운이 과장되게 손뼉을 쳤다.

내가 그렇게 멋있게 말한다고?

짐을 트렁크에 싣고 운전석에 타며 채운이 말했다.

뒤통수가 영. 렌트 회사에서 세차비 달라겠는데.

조수석에 앉아 있던 반희는 그 말을 못 듣고 몸을 웅크린 채 끙끙거렸다.

엄마, 뭐 해?

아이, 나이가 드니까 별게 다 힘들어.

왜? 어디 안 좋아?

아니. 종경인지 완경인지 땜에 갑자기 땀이 나니까, 가다 더울까 싶어 옷 좀 벗으려는데, 나이 드니까 좁은 데서 옷 입고 벗는 게 그렇게 팔죽지가 당기고 옆구리가 결리고 힘이 드네. 아으, 아파.

담 결린 거 아냐?

아냐, 좀 놀랐어. 기다려 주면 돼.

그래, 그럼 좀 기다리자.

반희가 몸을 꿈지럭거리며 풀었다.

엄마, 이번 여행 어땠어?

쩔었어.

채운이 기가 막힌 얼굴로 반희를 보았다.

좋았다는 뜻이지?

응.

뭐가 그렇게 쩔었어?

음, 내 딸을 좀 더 잘 알게 되고 이해하게 되었다

고나 할까?

말투가 왜 그래? 되게 가식적으로 들려.

딸도 부디 엄마를 좀 더 이해하게 됐기를 바랄게. 엄마의 뭐냐, 그…… 속도도 알게 되고.

그…… 속도? 아, 엄마 오줌 싸는 속도?

반희가 말없이 웃옷에서 한 팔을 천천히 뺐다.

엄마!

채운이 눈가에 장난기가 가득해서 말했다.

오줌, 해 봐.

아니…… 굳이 왜…….

그런 말 싫어? 못 해? '쩔어'도 했잖아? 해 봐, 오줌!

내가 아직은 이상하게 오염된 게 있어서, 그런 말은 좀 빡세네.

채운이 웃음을 터뜨렸다.

아, '빡세'도 하면서 오줌은 못 해? 그럼 오줌 싸는 걸 뭐라고 할래? 소변?

소변도 싫고……. 배뇨, 배뇨의 속도라고 하자.

배뇨? 하, 참. 반희 씨 배뇨의 속도를 알게 되었다? 낯설다, 낯설어. 내가 엄청 대단한 법칙을 발견한 과학자 같고.

이제 출발해, 채운 씨.

좋아! 빨리 가야 빨리 맥주 먹지.

차가 출발했다. 반희는 고개를 돌려 마지막으로 이상한 숲과 펜션 앞마당에 놓인 마법의 벤치에 작별을 고하려 했지만 뒤 차창이 누런 흙먼지에 뒤덮여 아무것도 보이지 않았다. 차가 이쪽저쪽으로 기울고 심하게 쿨렁거렸지만 반희는 마치 땅콩 껍데기 속에서 구르는 땅콩처럼 아늑하고 편안했다. 딸이 운전하는 차라 아무 걱정 할 필요가 없었다. 고

속도로에 접어들면서 달리는 속도가 일정해지자
반희는 졸음이 쏟아졌고 잠들기 전에, 우리 둘이
언제 땅콩 모양의 타투나 하러 갈까, 했는데 생각
만 한 건지 말로도 했는지는 알지 못했다.

단편소설 「실버들 천만사」의 제목을 바꾸어 펴냈습니다.

작
가
의
말

권여선

어머니도 누군가의 딸로 태어났다는 것.

그런 생각을 하고 어머니의 삶을 상상하다 보니

살아 보지 못했던, 어쩌면 나와 어머니가 지금까지와는

다르게 살 수도 있었을 어떤 삶이, 몹시 그리워졌습니다.

소설의
첫 만남 **22**

엄마의 이름

초판 1쇄 발행 | 2021년 7월 15일
초판 6쇄 발행 | 2024년 1월 29일

지은이 | 권여선
그린이 | 박재인
펴낸이 | 염종선
책임편집 | 이하나
펴낸곳 | (주)창비
등록 | 1986년 8월 5일 제85호
주소 | 10881 경기도 파주시 회동길 184
전화 | 031-955-3333
팩시밀리 | 영업 031-955-3399 편집 031-955-3400
홈페이지 | www.changbi.com
전자우편 | ya@changbi.com